GASTON DE CHAUMONT.

I0548540

DAPHNIS ET CHLOÉ.

MONT-DE-MARSAN,

TYPOGRAPHIE ET LITHOGRAPHIE DELAROY.

1868.

Yf 12481

GASTON DE CHAUMONT.

DAPHNIS ET CHLOÉ.

MONT-DE-MARSAN,

TYPOGRAPHIE ET LITHOGRAPHIE DELAROY.

1868.

A

F. SZELECHOWSKI.

PERSONNAGES.

DAPHNIS.

CHLOÉ.

————

DAPHNIS ET CHLOÉ.

Un bois ; à droite, au fond, un ruisseau coule sous des noisetiers et des églantiers sauvages.

SCÈNE I.

CHLOÉ,

assise sur un rocher, près du ruisseau, file en gardant ses brebis ; tout-à-coup elle jette son fuseau.

Aimer !... pourquoi toujours ce mot, spectre farouche,
Ainsi qu'un miel amer me vient-il à la bouche ?
Ne suis-je donc pas libre, heureuse, sans amour ?
Mes agneaux font envie aux bergers d'alentour ;
Et tous me disent belle ; à me plaire on s'empresse ;

Oui , jusqu'au vieil Hylas qui pour moi cueille et tresse
Les fleurs de son jardin. Voici que le printemps
Fait avec les lilas éclore mes quinze ans ;
Tout me rit.

(Avec un mouvement d'humeur.)

Et pourtant je ne sais quelle sombre
Tristesse me poursuit qui me fait chercher l'ombre.
Je ne sais , il me manque..... il ne me manque rien ;
Pourtant le jour me pèse !... Oui , Phébus , c'est en vain
Que tu remplis le ciel de tes flèches dorées ,
Que tu parcours en feu les plaines azurées.
Je veux pleurer ! Mes doigts embrouillent le fuseau ;
Je ne sais , je voudrais.....

(Elle se lève et se mire dans l'eau.)

Toi , réponds-moi , ruisseau !
Ne suis-je donc pas belle enfin ? Cypris la blonde
A présidé , dit-on , à ma venue au monde :
Tout semble fait pour moi ; la forêt me sourit ;
Daphnis me trouve belle , et Daphnis me l'a dit.
Dieux bons , secourez-moi !.....

SCÈNE II.

CHLOÉ , DAPHNIS.

DAPHNIS , *une couronne de fleurs à la main.*

(A part.)

Secourir , ô déesse !
Cypris aux blonds cheveux , Diane chasseresse ,

Je teindrai vos autels du sang d'un pur chevreau !

(Haut.)

Chloé !

CHLOÉ, *ramassant son fuseau.*

Dieux !

DAPHNIS.

Quel péril ?.....

CHLOÉ.

Rien ; je rêvais.

DAPHNIS.

Tout haut !

CHLOÉ.

Aux doux rêves dorés la forêt est propice.

DAPHNIS.

A peine si Phébus, d'un trait timide, glisse
A travers les rameaux.

CHLOÉ.

Mais vous ?

DAPHNIS.

Moi, je songeais.

CHLOÉ.

Quoi ! vous aussi ?

DAPHNIS·

J'allais , triste , écoutant les geais ,
Les fauvettes siffler sous l'ombrage , les merles
Voler sous les taillis où scintillent les perles
Qu'y suspend la rosée ; admirant le carmin
Des roses , qui reluit sous les pleurs du matin ;
Et j'allais tout morose , et je pensais qu'en somme
Ici tout est heureux , oui , tout excepté l'homme !
Chloé , si vous saviez.....

CHLOÉ *montrant la couronne de fleurs.*

Eh bien ! je veux savoir
A qui vous destinez.....

DAPHNIS.

Celle pour qui , le soir ,
Je fais dire aux échos les chansons amoureuses ,
Celle pour qui l'aurore aux teintes vaporeuses
Me trouve encor chantant..... oh ! vous la connaissez !

CHLOÉ.

Les Dieux me soient témoins !.....

DAPHNIS.

Chloé , vous rougissez !
Eh bien ! celle pour qui je demande à la rose
De mourir , quand à peine au monde elle est éclose ;

Chloé, celle pour qui je demande aux buissons
Le cytise, aux roseaux leurs plus tendres chansons ;
Enfin celle pour qui j'enlève à l'aubépine
Ses fleurons, et pour qui je cueille l'églantine,
Oui, celle-là me voit tomber à ses genoux !

CHLOÉ.

Ma mère ! ô Dieux ! Daphnis !

DAPHNIS.

Chloé !

CHLOÉ.

C'est moi ?

DAPHNIS.

C'est vous !

(Il lui met la couronne sur la tête.)

CHLOÉ.

Que faites-vous, Daphnis ! Et si dans la broussaille
Quelque témoin caché.....

DAPHNIS.

Comme son cœur tressaille !
Je vous aime, Chloé !

CHLOÉ.

Aimer ! Encor l'amour !
Je ne vous comprends pas !

DAPHNIS.

Chloé ! voyez ! le jour
Tombe ; déjà Phébus à l'horizon s'abaisse ;
C'est l'heure.....

CHLOÉ.

Grâce ! ayez pitié de ma faiblesse !
Non ! Daphnis , je veux fuir !

DAPHNIS.

Du moins promettez-moi.....

CHLOÉ.

O Dieux bons ! ô ma mère !

DAPHNIS.

O doux et tendre émoi !
Mais si vous me fuyez , ah ! laissez-moi , méchante ,
Vous ravir un baiser !

(Il veut l'embrasser.)

CHLOÉ *se défendant.*

Déjà la grive chante
L'adieu du soir : voici que la nuit vient ; chez nous
Ils seront inquiets.

DAPHNIS.

Non ! non ! à vos genoux

Je reste suppliant, à moins qu'une caresse,
Un baiser.....

CHLOÉ.

Non ! pas un !

DAPHNIS.

Pas même une promesse ?
O Vénus, ton enfant ignore encor l'amour !

CHLOÉ.

Chez moi que diront-ils ? C'est l'heure du retour.

DAPHNIS.

Si vous saviez, Chloé, combien Daphnis vous aime
Et bien plus que la vie et bien plus que lui-même !
Ah ! Chloé, par pitié, du moins promettez-moi.....

CHLOÉ.

Que Diane et Cypris m'aident ! Promettre quoi ?

DAPHNIS.

A l'avenir, Chloé, de rester moins rebelle,
Ou bien à l'avenir, Chloé, d'être moins belle !
Pour moi les bois n'ont plus d'assez obscurs réduits :
Je vois bien que mes vœux vous fatiguent : je fuis !
Oui, jusqu'à vos agneaux, tout chez vous me méprise ;
Ils évitent les miens pour brouter le cytise !
Ah ! si ce n'est pour vous pas assez de souffrir,
Loin des rayons du jour, Chloé, je vais mourir !

(Il sort.)

SCÈNE III.

CHLOÉ.

Enfin, il est parti ! Du miel de mes abeilles,
De gâteaux de froment je t'offre deux corbeilles,
Diane au carquois d'or, qui m'appris le danger
Que, jeune et belle, on court à côté d'un berger !
Je vais pouvoir enfin ce soir finir ma laine,
Mais étant seule, hélas ! je sens croître ma peine ;
Mes brebis, c'est en vain que vos agneaux bêlants
Ont au houx épineux ensanglanté leurs flancs ;
Vainement, bon Philos, tu flattes ta maîtresse ;
Ses doigts sont désormais avares de caresse !
Dieux ! faut-il que Daphnis fût témoin de mes pleurs !
Et quand l'infortuné tressait pour moi des fleurs,
Hélas ! pourquoi l'avoir rebuté ? Malheureuse !
Que devenir ? Sans lui la vie est odieuse ;
Près de lui, je ne sais quel mystère secret
Tient ma vie en suspens et fait mon cœur muet.
L'aimer ! je le voudrais ! O ma mère ! ô ma mère !
Pourquoi m'avez-vous donc donnée à la lumière,
Puisque je vois mes sœurs aimer, et qu'à mon tour,
Quand je voudrais aimer je méconnais l'amour ?

SCÈNE IV.

CHLOÉ, DAPHNIS.

DAPHNIS,

déguisé en vieillard, avec une longue barbe blanche

Que la bonne déesse, ô vierge, te protège !

CHLOÉ.

Vieillard , que le respect partout soit ton cortège !

DAPHNIS.

Je t'ai troublée , enfant ! Comme on rêve à quinze ans ,
Sans doute tu rêvais d'amour et de printemps.

CHLOÉ.

Oui , vieillard , mon cœur est en proie à la tristesse.

DAPHNIS.

Quelle es-tu ? je ne sais ; mais ta voix m'intéresse ;
D'où vient que ton front semble être lourd de souci ?
Tout paraît te sourire et pour toi fait ici ;
L'ombre est fraîche , l'oiseau gazouille sur la branche.

CHLOÉ.

Père , toi dont les ans ont fait la barbe blanche ,
Aide-moi de conseils ! Écoute : un mal sans nom ,
Étrange , me poursuit , m'étreint le cœur , le front.
Toi dont l'expérience. ...

DAPHNIS.

Ah ! certes , jeune fille ,
Je pensais que cherchant l'ombre sous la charmille ,
Je croyais que fuyant la lumière du jour ,
Tu connaissais ton mal.

CHLOÉ.

Et ce mal ?.....

DAPHNIS.

C'est l'amour !

CHLOÉ *avec dépit.*

Entendrai-je toujours nommer ce que j'ignore ?

DAPHNIS.

Eh quoi ! l'amour ne le connais-tu pas encore ?

CHLOÉ.

Non !

DAPHNIS.

L'amour est un dieu bien puissant et bien fort
Puisque rien ici-bas ne le vainct, que la mort !
Les tigres des déserts, les lions de l'Afrique,
L'insecte qui, le soir, de sa voix métallique,
Chante, caché sous l'herbe, à la douce clarté
De la lune d'avril, les oiseaux qui, l'été,
Par triangles ailés viennent à tire-d'ailes,
Et les monstres marins, les tendres tourterelles,
Tout reconnaît ses lois ! C'est lui qui livre aux vents
La semence qui naît des rameaux verdoyants,
Et qui féconde ailleurs la terre. Les étoiles
Que l'on voit, quand la nuit a déployé ses voiles,
Comme danser en rond et tourner dans les cieux,
Qu'on dirait des clous d'or faits pour charmer les yeux ;
C'est encore l'amour qui les lance en leur course
Pour mutuellement s'atteindre ! Enfant, la source
Qui jaillit du rocher, l'herbe, l'oiseau, le jour,
Tout par le monde enfin, tout déborde d'amour !

C'est ce souffle puissant qui court dans l'atmosphère ,
C'est lui qui fait que l'homme aime à voir la lumière ;
L'existence sans lui serait un châtiment
Infligé par les Dieux aux mortels , en naissant.
Mais la forêt surtout à l'amour est propice ,
Alors qu'un demi-jour favorable s'y glisse
Et fait rêver le cœur ! Regarde tout autour !
Tout ne te dit-il pas ce que c'est que l'amour ?
Vois l'oiseau sur son nid apporter la pâture
A sa moitié qui veille à leur progéniture ;
Vois l'insecte voler autour du thym en fleur
Et comme s'enivrer de sa forte senteur !
Oui ! c'est l'amour qui fait que le pasteur en larmes
S'en va chantant , le soir , ses cruelles alarmes ,
— Oublieux de rentrer ses agneaux au bercail , —
Qui fait ses nuits sans somme et ses jours sans travail.
Ne pas aimer , enfant , c'est ignorer la vie ;
C'est l'amour qui traduit à l'oreille ravie
Le frôlement de l'onde à travers les roseaux ,
Et les soupirs du vent qui gémit sur les eaux ,
Et le bruit de la mer qui se gonfle et se brise
En cent flots amoureux sur l'amoureuse rive !
C'est encore l'amour qui respire en zéphyr ,
Et qui berce les bois comme d'un long soupir !

CHLOÉ.

Et j'ignorais l'amour ! Oh ! je veux aimer ! Père ,
Dois-je aimer ? Dis ! Prononce , et ne sois pas sévère.

DAPHNIS.

O vierge , il faut aimer ! La jeunesse est le temps
De l'amour , comme on voit les fleurs naître au printemps.

CHLOÉ.

Ah ! sois remercié ! Vieillard , tu rends la vie
A mon cœur où la joie était presque tarie.

DAPHNIS.

Il faut aimer ! La vie est sombre sans amours !
Un enfant ne suit pas sa famille toujours ;
Vierge , le temps n'est plus où , timide gazelle ,
Les soupirs d'un pasteur te trouveraient rebelle.
Un homme enfin n'est pas un féroce lion ,
Un tigre dévorant !

CHLOÉ.

                    Je sens la passion
S'allumer dans mon sein ! Hélas ! fatal obstacle !
J'ai chassé celui qui.....

DAPHNIS.

                    Ne suis-je pas oracle ?
Ne puis-je pas , enfant , te dévoiler le nom
Du pasteur malheureux à qui tu disais : « non » ?

CHLOÉ.

Son nom ? Dis , voir !

DAPHNIS.

                    Daphnis ! oui, c'est Daphnis qui t'aime ,
Qui pour toi de ses jours attend le jour suprême.

CHLOÉ.

Daphnis ! oui , c'est Daphnis ! Oracle , ô saint vieillard !
Tu pourrais l'amener ici , sans qu'un retard.....

DAPHNIS.

Et tu l'aimes, enfant?

CHLOÉ.

Je sens que son absence
M'enlève tout repos, m'ôte toute espérance.

DAPHNIS.

Est il possible, enfant? Ainsi tu veux le voir?

CHLOÉ.

Hélas! de ce bonheur je n'ai que peu d'espoir!

DAPHNIS.

Si je te le montrais?

CHLOÉ.

Toi?

DAPHNIS.

Moi!

CHLOÉ.

Vieillard, tu railles.
Mais toi-même, qu'as-tu? saint vieillard, tu tressailles?

DAPHNIS.

Je consulte les Dieux!

CHLOÉ.

T'auront-ils écouté ?

DAPHNIS.

Par leur ordre Daphnis est proche !

CHLOÉ.

En vérité !

DAPHNIS , *il enlève sa barbe blanche.*

Reconnais-le , Chloé !

CHLOÉ.

Dieux ! C'est Daphnis !

DAPHNIS.

Lui-même !
Oui , c'est Daphnis ! c'est moi ! c'est l'oracle qui t'aime !
Aimons , Chloé ! Les Dieux viennent de l'ordonner ;
Aimons ! car du berger l'heure vient de sonner !

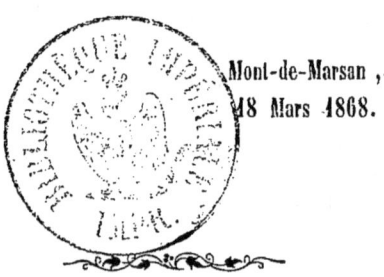

Mont-de-Marsan ,
18 Mars 1868.

www.ingramcontent.com/pod-product-compliance
Lightning Source LLC
Chambersburg PA
CBHW061524170626
46811CB00004B/1824